Sara Braña González

Sorbos de Vida

Sara Braña González

Sorbos de Vida

Tejiendo poemas entre la cotidianeidad de la vida

JustFiction Edition

Imprint

Any brand names and product names mentioned in this book are subject to trademark, brand or patent protection and are trademarks or registered trademarks of their respective holders. The use of brand names, product names, common names, trade names, product descriptions etc. even without a particular marking in this work is in no way to be construed to mean that such names may be regarded as unrestricted in respect of trademark and brand protection legislation and could thus be used by anyone.

Cover image: www.ingimage.com

Publisher:
JustFiction! Edition
is a trademark of
Dodo Books Indian Ocean Ltd., member of the OmniScriptum S.R.L Publishing group
str. A.Russo 15, of. 61, Chisinau-2068, Republic of Moldova Europe
Printed at: see last page
ISBN: 978-620-3-57614-6

La poesía me inspira y es tan armónica, como el susurro de un río bajo el calor abrasante de julio, o como el zumbido de una libélula al borde de ese mismo río. La poesía puede también, ser ácida, igual que cuando comes un limón verde de esos que te hacen guiñar el ojo, o jocosa, porque tras las palabras, hay una clara intención de decir algo encubierta.

Poesía es todo, porque acaso una rosa no tiene belleza como para merecer tal consideración y arte? O….que sé yo….una muñeca con la que jugabas en tu infancia, en donde la única preocupación era no sacar buenas notas, y que tus padres te dejaran sin regalos para Reyes….y…hasta esa amiga o amigo del alma, que sabes que pase lo que pase, siempre lo tendrás para lo que sea.

La poesía es elegancia, belleza en estado puro, es….la auténtica sublimación de la escritura, y a través de ella, se pueden decir tantas cosas, que leer entre líneas, se hace muy necesario.

No esperes que haga aquí solo poemas de amor, o a la naturaleza… hay tantas cosas cotidianas que pueden ser objeto de una risa, una burla, o incluso un homenaje, que dan lugar a que mi imaginación y creatividad, produzca de ellas una poesía, una nota, un tono.

A todos quienes sientan la poesía como suya, y que al leer esto, algo se les mueva en forma de actitud. Ríe, siente, lee y…. disfruta!!!

Índice de Contenido

I. Al cáncer, mi gran maestro de vida.

Estos versos van dirigidos a todos nosotros,
Aunque obviamente, no quedáis excluidos ninguno de vosotros.

En ellos voy a contar mi historia, y la de tantas personas con esta enfermedad,
La cual aparece en tu vida, repentinamente y sin piedad.

Al cáncer muchos temen más que a la guerra, al hambre, o al trabajo,
Y en el momento del diagnóstico, son muchos, quienes se vienen abajo.

Lo mío con esta enfermedad, comenzó a los 28 días de nacer,
Lo que me obligó prematuramente, a adaptarme y a crecer.

Cirugía, radioterapia, y quimioterapia, son las armas más usadas para vencer y luchar,
Y debes someterte a todo ello, aunque tu vida vaya a cambiar.

Los médicos han hecho todo, cuanto han podido por mí en esta batalla,

Aunque yo no soy de las pacientes, que fácilmente se calla.

Retinoblastoma y leiomiosarcoma, no son términos muy de comunes usos,
Y tan solo 12 personas en el mundo, hemos albergado en nuestros cuerpos a semejantes intrusos.

Aunque dura y difícil, ha sido para mí esta batalla desde el primer momento,
Son muchos, a quienes les debo un agradecimiento.

Y es que los enfermos por regla general, no estamos solos,
La lucha se ha de ver, desde ambos polos.

Contra el cáncer hay que mantener, espíritu de lucha y superación,
Y desde aquí reivindico, mi apuesta por la investigación.

Animo a todos a quienes hemos lidiado, y lidiamos esta batalla,
A que el luchar y mantenerse en pie, nunca falla.

Aprovecho para rememorar tristemente, a los que lucharon con todas sus fuerzas, pero entre nosotros ya no están,
De mi mente y de la de sus familiares, sus recuerdos jamás se extinguirán.

Las principales armas del cáncer para apagarnos, son el miedo y el terror,
Pero nosotros hemos de luchar, y confiar en la cura con amor.

Yo me he enfrentado dos veces, a esta enfermedad,
Y aunque parezca utópico, esta lucha me ha conducido más a la felicidad.

Quiero animar a todos a quienes luchan, y han luchado contra esto,
A que la sonrisa diaria, es el mejor gesto.

Después del cáncer, se puede sentir, querer, y vivir,
por eso hoy estos versos, me he animado a escribir.

II. A Andrea, amiga del alma a la que siempre querré.

Querida amiga Andrea, te escribo hoy esta poesía,
Para que tú y los tuyos, la sintáis con alegría.

Quiero que sepas, lo mucho que me has enseñado,
Porque el momento en el que te conocí, fue como ver un diamante dorado.

El día que nos encontramos, no me paraste de abrazar,
Porque tú como nadie, amor y cariño sabes dar.

Aunque no puedes hablar, y tampoco oír,
Tu alma pura en tu mirada, sabes transmitir.

Eres alegre, sociable, y amigable,
Y vayas donde vayas, tu presencia es, y será entrañable.

Esta absurda sociedad, te cataloga como diferente,
Pero lo que ignoran es que aportas mucho más, que la mayoría de la gente.

En tu madre y en quienes te queremos, tienes un gran apoyo y comprensión,
Ella y todos nosotros, siempre te hemos dado amor sin condición.

Los amigos como yo, sabemos apreciarte,
Y sentimos tocar el cielo, al verte y abrazarte.

Eres una persona, con una gran capacidad de comprender,
Por eso a gente como yo, nos has hecho aprender.

Tu alegría y cariño, se ven en todos tus gestos,

Y es por eso que me hechizas, con cada uno de estos.

Andrea, no cambies nunca, te lo pido por favor,
A mi vida has traído, una infinita alegría y amor.

Y aunque hace mucho tiempo, que de ti no sé nada,
Serás siempre mi amiga, y jamás olvidada.

III. Al centro comercial Xanadú de Madrid, un lugar que, para mí, es un paraíso terrenal.

Aquí va mi poema para Xanadú, el centro comercial,
Un espacio en el que es imposible, que alguien lo pase mal.

Este centro se inauguró en 2003, un cálido día de mayo,
Y dada la expectación que levantó, la gente acudió a su apertura como un rayo.

Arroyomolinos es un pueblecito de Madrid, que tiene un bonito paisaje,
Al que sin duda Xanadú, ha convertido en un concurrido paraje.

Y es que este complejo supuso, la mayor de las novedades,
En él se ofertan, las más variopintas actividades.

Cuenta con una gran pista de nieve, cubierta para esquiar,
En la que los principiantes pueden aprender, y los veteranos practicar.

La longitud de esta pista, es algo grandioso,
Y contemplar desde algún ventanal de adentro la práctica del ski, se convierte en un espectáculo muy hermoso.

Esta inmensa pista dota a Xanadú, de un gran valor paisajístico,
Por eso no es de extrañar, que hasta se haya convertido en reclamo turístico.

El complejo cuenta, además, con un gran acuario, un minigolf, y una bolera,
Realmente Xanadú, no es un centro comercial como otro cualquiera.

Xanadú posee en su interior, una preciosa y original decoración,
Dotando al comprar, de un componente de emoción.

En sus dos plantas comerciales, se albergan tiendas de todo tipo,
Realmente esto al visitante le rompe esquemas, y le quita el hipo.

Por supuesto en Xanadú comer o tomar algo, también se hace ameno,

Y en sus grandes salas de cine, puedes ver las últimas películas de estreno.

Es un lugar que, sin duda, merece la pena visitar,
Y es asegurado que, a nadie, indiferente va a dejar

Por eso Xanadú, para ti va esta poesía,
De una clienta a la que siempre que te visita, causas gran alegría.

IV. Al pueblo judío, del que, con gran orgullo, llevo sangre en las venas.

Judíos, os voy a escribir un poema sincero,
Para que apreciéis, lo mucho que os quiero

Con el profeta Abraham, comienza vuestra historia,
Y en la Torá, se muestran las escrituras de toda esa gloriosa memoria.

En aquellos momentos ancestrales, os constituisteis como civilización,
Surgiendo la diáspora, que fue vuestro modo de expansión

Siempre habéis sido un pueblo noble, trabajador, y educado,

E Israel siempre ha sido, vuestro país amado

No obstante, nunca fue reconocido como vuestro estado oficial,
Lo que, por fin, llegó después de la cruenta 2ª guerra mundial

En los muchos países, donde habéis estado afincados,
Habéis dejado vuestras raíces, y vestigios marcados

Sois poderosos, y sabéis muy bien negociar,
Por eso en muchos momentos de la historia, os han querido aniquilar

En España, sufristeis la terrible inquisición,
En la cual fuisteis juzgados y ejecutados, injustamente sin perdón

No obstante, y como sois grandes luchadores,
Supisteis salir al paso, y seguir defendiendo vuestros valores

Lo peor que os ha sucedido en la historia, ha sido el nazismo,
Seis millones de los vuestros, se llevó aquel delirante fanatismo

En aquellos momentos vuestro pueblo, sufrió muchas calamidades,
Siendo los campos de concentración y los crematorios, la mayor de las atrocidades

Los nazis perdieron la guerra, y por fin se terminó su hegemonía,

Lo cual vosotros celebrasteis, con gran y justa alegría

Israel fue al fin, vuestro estado reconocido,
La justa recompensa, por todo lo que habéis sufrido

Pero allí, en Israel, también habéis tenido que luchar,
Porque los interesados palestinos, de vuestra morada se quieren apropiar

Ellos quieren arrebataros territorios para un futuro estado, creando aún más lío,
Sin ser conscientes de que Israel fue, es, y siempre será judío

Amigos judíos, os animo con sinceridad y alegría,
A que sigáis teniendo en el mundo, tanta hegemonía.

V. A Ayrton Senna Da Silva, que vivió para ganar, y murió ganando!

Ayrton, cuando tú corrías, no me atrevía ni a hacer un guiño,
Porque tu vida es apasionante, desde que eras prácticamente niño

El automovilismo y la velocidad, siempre fueron tu pasión,

Como si desde pequeño hubieses tenido la certeza, de que serías un gran campeón

Cuando llegaste al gran circo, tuviste siempre el apoyo de toda tu gente,
Porque desde el momento cero, demostraste que eras diferente

La primera victoria, vino con agua en Portugal,
Ganar en esas circunstancias tan adversas, te subió a un gran pedestal

Empezaste en la fórmula 1, con equipos modestos,
Pero dada tu perseverancia, fuiste capaz de vencer incluso en estos

Tus tres mundiales, estuvieron cargados de momentos perfectos,
Por eso a lo largo y ancho del globo, tienes gran cantidad de adeptos

Dios es un ser, en quien tenías una profunda fe,
Incluso a veces decías verlo, y hablar con él

Eras consciente de tu país, y de su penosa situación de pobreza,
Eso te dio si cabe, una mayor grandeza

Gran Ayrton, diste todo por el motor,
Eso, aún a día de hoy, te hace poseer un gran honor

Sabías llegar, a todos los corazones,
Por eso tu trágica muerte, la sentimos en todos los rincones

Aquella triste mañana, de la cálida primavera,
Tú, intuitivo como eras, sabías que no se presentaba como una cualquiera

Aquel maldito coche, tenía un gran fallo,
Pero tú saliste del podio, como cada domingo como un rayo

En la séptima vuelta, llegó lo peor,
Nos dejaste, admirado Ayrton, con un gran dolor

Pocas horas después del fatal golpe, se te paró el corazón,
El mundo entero, sintió una gran conmoción

En tu país, te despidieron con honores de jefe de estado,
Porque allí, en Brasil, eras su gran héroe amado

Ayrton, eras noble, y bueno por naturaleza,
En el bólido, mostraste toda tu destreza

Por eso hoy a tantos años vista, te escribo esta poesía,
Para que, desde el cielo, o donde quiera que estés, la sientas con gran alegría

VI. A esos políticos interesados, a los que solo les importa el pueblo cuando hay elecciones.

La mayoría de los políticos son así, y no van a cambiar,
Por eso estas ácidas líneas, les voy a dedicar.

La política, a de asentarse en la democracia,
Sin embargo, esto muchas veces, es una gran falacia.

Su discurso, es casi siempre engañoso,
Y a la ciudadanía, solo nos consultan cuando se trata de algo no peligroso.

La mayoría de ellos lo único que quieren, es el poder,
Pero a la población nos lavan el cerebro, y otra cosa nos hacen creer.

Antes de las elecciones, siempre nos prometen muchas cosas,
Pero esto a menudo se queda, en un conjunto de palabras preciosas.

Dicen que traerán libertad, progreso y bienestar,
Sin embargo, detrás de todo eso, se esconden ganas infinitas de poder y de gobernar.

Para ganar las elecciones, predican mítines muy cercanos,
Parece que son nuestros amigos, e incluso nuestros hermanos.

Se organizan en partidos, y se enfrentan día a día,
Sin preocuparse apenas nada, de la ciudadanía.

Con frecuencia, se tiran los trastos mano a mano,
Ignorando la auténtica respuesta, que de ellos demanda el ciudadano.

Cualquier asunto lo perciben entre ellos, como una gran diferencia,
Ignorando que lo que de verdad importa, es coincidir en la esencia.

Cuando hay momentos difíciles, como la actual crisis mundial,
Ellos miran para otro lado, y no reconocen lo que han hecho mal.

Mucha gente como yo, en gran parte de ellos, la confianza hemos perdido,
Porque nunca actúan ni actuarán, tal y como es debido.

Así que políticos, os aliento sinceramente,
A Que os olvidéis de tanta demagogia, y trabajéis más por la gente.

VII. A Joseph Mengele, que es la mancha más negra de mi amada medicina.

Estos versos van para ti, doctor muerte,
Para que todo el mundo comprenda que tu existencia, fue mucha mala suerte

Tu nacimiento se produjo, en la región alemana de Baviera,
Y durante tu infancia y juventud, fuiste como un muchacho cualquiera

Se dice que, en la escuela, eras buen estudiante,
Y hasta se rumorea que Un joven judío, te robó a una amante

Debido a tu talento y ambición, comenzaste los estudios de medicina en la universidad,
Pero tú no pretendías con ello, dedicarte a una muy ortodoxa sanidad

En aquellos años, se instauró en tu país el nazismo,
Y tu persona quedó hechizada, con aquel delirante fanatismo

Tú tenías muchos enigmas, médicos y experimentales,

Y al oír los populistas discursos del furer, quisiste llevar a cabo dichos planes fatales

Acabaste en el campo de Auswichtz, donde te nombraron jefe médico oficial,
Y comenzaste así, tu brutalidad experimental

Tus terribles atrocidades, no lograron más que sufrimiento,
Sin embargo tú sentías con ello, un gran reconocimiento

Los gemelos, eran tu gran fijación,
Y por eso estabas alerta, cada vez que se bajaban del vagón

En los judíos, veías tu blanco perfecto para experimentar,
Y ni te inmutabas, cuando los oías lamentarse y gritar

Utilizaste a personas, como auténticas coballas humanas,
Y de crear dolor y sufrimiento, nunca se te quitaban las ganas

Se dice que eras guapo, y que tocabas bien el piano,
Y por eso sedujiste a presas judías, mano a mano

Sin embargo, nada por ellas sentías, y al amanecer las matabas,
Así, otra vez, tu increíble crueldad mostrabas

La guerra avanzaba, y el nazismo se iba poco a poco extinguiendo,
Y por ello tu miedo a ser juzgado en Nuremberg, iba creciendo

Los aliados ganadores, consiguieron por unos días arrestarte,
Pero tú hábilmente y lleno de cobardía, conseguiste escaparte

Comenzó pues, por el mundo tu huida,
Y muchos gobiernos, tuvieron tu pista perdida

En argentina y Brasil, lograste estar refugiado,
Y nadie allí, conocía tu atroz pasado

Tu muerte llegó un día, cuando estabas apaciblemente en el mar,
Y las circunstancias de la misma, nunca se pudieron aclarar

Viviste hasta tu fin, con una falsa identidad,
Por eso al encontrar tu tumba, tuvieron que exhumar los restos, para comprobar la verdad

Lo peor de todo, es que moriste en la más absoluta impunidad,
Y nunca te llegó el justo castigo, por tu infinita crueldad

Mengele, a pesar de que estudiaste medicina,
Eres la página más vergonzosa y negra, de esta honrosa disciplina.

VIII. A mi abuela Elena, que es como mi segunda madre.

Mi abuela querida, y jamás olvidada,
Durante casi toda mi vida, he estado a ti apegada.

Eres una gran mujer, y en el alma llevas tu esencia,
De una vida dura y difícil, a la que has soportado con paciencia.

A pesar de la época de represión, en la que te tocó crecer,
Has sabido encarar las circunstancias, siempre con tu buen hacer.

Hambre, penurias, y mucha carestía has sufrido,
Por eso digno de este poema, es todo lo que has vivido.

Durante mi primera infancia, siempre en todo estabas presente,
Algo así, como una suerte de diosa omnipotente.

A pesar de que tu maltrecha economía, no te lo permitía mucho,
No faltaba cuando me agasajabas con un juguete, o con golosinas en un cucurucho.

En esas tardes entrañables de la infancia, en las que tanto me gustaba jugar,
No perdía de ir para tu casa, porque contigo quería estar.

El tiempo ha ido pasando, y me he convertido en toda una mujer,
Pero esto no ha hecho que mi cariño por ti, haya dejado de crecer.

Ahora que ya pienso mucho más, sesudamente con la cabeza,
Soy más consciente que nunca, de tu vida y de su dureza.

Las circunstancias que has pasado en este mundo, han dejado en ti huella y sufrimiento,
Y creo que personas como tú, deberíais ser dignas de un gran agradecimiento.

Sé que te preocupa mucho el paso del tiempo, y el hecho de envejecer,
Pero tu belleza te acompaña, desde que el mundo te vió nacer.

A veces hemos tenido nuestras diferencias, y pequeñas discusiones,
Porque el carácter de ambas, es complicado en ocasiones.

Pero todo ello, ha quedado en una absurda circunstancia,
En una bronca, cabreo, o riña sin importancia.

Abuela, mucho has trabajado por todos, quienes hemos estado a tu alrededor,
Y a pesar de que te pones corazas, sé que tu alma es puro amor.

Y por eso solo deseo, amada abuela Elena,
Que no te vayas de este mundo, porque me moriría de pena.

IX. A una rosa blanca, que es la belleza hecha flor.

Oh, rosa blanca, reina de todo el campo,
Inundas el mes de mayo con tu dulce aroma, y hasta alegras a los pájaros su canto.

Flor de flores, suave y armoniosa,
Bella entre las bellas, delicada y preciosa.

Oh, rosa blanca, tú alegras cualquier primavera,
Tu genuina perfección, hace que no seas una flor cualquiera.

Rosa blanca, coqueta en el jardín,
Me embriagas con tu olor, más sublime que el del jazmín.

Flor preciosa, con tus pétalos hacen perfumes, llenos de distinción,
Y un ramo de ti, alegra cualquier evento y ocasión.

Bella flor, me haces soñar,
Y mi amor hacia ti, comenzó en mi niñez al jugar.

Un poema del célebre Antonio Machado,
Es lo que hizo que mi corazón por ti, quedara hechizado.

Rosa de rosas, reina de reinas,
Eres mágica hasta cuando te marchitas, porque parece que te peinas.

Si viviera otra vida, no quiero ser política, ni mujer de la banca,
Tan solo querría ser, una bonita rosa blanca.

X. A mi Barbie favorita, esa con la que tanto jugaba.

Muñeca mía, Barbie querida,
Nunca te he olvidado, aunque de mis manos estés perdida.

Tú fuiste un regalo de esos, que me hicieron en mi primera infancia,

Siempre tendré en mi memoria, tan entrañable circunstancia.

Cuando abrimos la caja, en la que venías cuidadosamente guardada,
Mis manos te tocaron, y yo me quedé hechizada.

Tu vestido era un derroche, de seda y de flores,
Barbie querida, muñeca de mis amores.

Tu canon físico era, de esos de las mujeres del norte,
Si hubieras sido de verdad, tendrías un gran porte.

Salmón era tu vestido, y azules eran tus ojos,
Y siempre que alguien te tocaba sin mi permiso, yo sentía grandes enojos.

Te tenía como a un tesoro, muñeca bella,
Y soñaba con ser como tú, y parecer una estrella.

Pero un día yo, algo descuidada,
Te llevé a una casa de la que no volviste a mí, Barbie amada.

Ojalá algún día, pudiera recuperarte,
Porque a pesar del paso de los años, no he podido olvidarte.

XI. A Niko, el perro al que llevaré eternamente en el corazón.

Niko, tú fuiste mi amigo, fuiste mi compañero,
Y con estas sentidas líneas, reflejaré lo mucho que te quiero.

En mi casa no te compramos, ni te nos ofreciste para adoptarte,
Pero mi padre que os ama mucho, quiso de la calle rescatarte.

Desde que llegaste a nuestras vidas, y te fuimos conociendo,
El amor que nos inspirabas, iba cada día creciendo.

portabas por completo ternura, nobleza y cariño,
Y para nosotros eras un familiar más, o incluso como un niño.

Los hermosos momentos, que nos dejaste en el corazón,
Han hecho que siempre te recordemos, con amor y con pasión.

Perrito mío, amigo Niko,
Me encantaba acariciarte, y que me olieses con tu hocico.

Eras todo alegría, cuando correteabas por las calles,

Por eso sé que seguirás siendo el mejor, te halles donde te halles.

Tengo presente, que cada vez que nos alejábamos de ti,
Tu semblante estaba triste, y no querías ni vivir.

fuiste un ser tan abnegado, cariñoso y fiel,
Que no te separabas de nuestro lado, aunque tuvieras heridas en la piel.

Niko, ni siquiera me abandonaste en mis peores momentos,
Tu fidelidad y entrega, se merece el más grande de los reconocimientos.

Perro bondadoso, perrito de mis amores,
Tu desaparición supuso para mí, el mayor de los dolores.

Ahora mismo, si estás en algún cielo,
Siente estas palabras, con estima y con anhelo.

XII. A los abominables nazis, la mayor vergüenza de la historia.

Nazis, estúpidos, os escribo esto,

Para que así comprendáis, lo mucho que os detesto

Vuestra historia empezó, ganando unas democráticas elecciones,
Aunque vosotros ya teníais proyectado encerrar a vuestras presas, en oscuros barracones

Os dejabais comer la cabeza, por un medio bigotudo,
Que, a decir verdad, mejor que hubiera nacido mudo

En sus insulsos discursos, solo predicaba estupideces,
Y los judíos eran el blanco perfecto, de semejantes memeces

Ese feroz enano, así llegó al poder,
Y sus malignas intenciones, no dejaban de crecer

Pronto, muy pronto, llegaron los poderes dictatoriales,
Y con ellos, para mucha gente, designios fatales

Estaba claro que, con los hebreos, teníais gran obsesión,
Por eso ideasteis, los terribles campos de concentración

Aquellos horribles lugares, eran el infierno en la tierra,
Y vosotros los extendisteis por Europa, al empezar la guerra

En esa incansable búsqueda, de una supuesta raza superior,

Cometisteis miles de atrocidades, a cada cual peor

El gas, fue vuestro método estrella para exterminar,
Mientras vuestras pobres víctimas, no paraban de gritar

Pero vosotros, no mostrabais la mínima compasión,
Porque en vuestros atléticos cuerpos, no había cabida ni para un pedazo de corazón

Y así con gran entusiasmo, os embarcasteis en la segunda guerra mundial,
Ignorando que, para vosotros, tendría un fin fatal

Las batallas en Rusia, os metieron en un buen lío,
No pudisteis vencer, ante un clima tan frío

Y así, se fue desvaneciendo vuestra miserable historia,
Pero quedaréis en ella, como una macabra memoria

Las ansias expansionistas, os llevaron a oprimir a gran parte de la humanidad,
Pero dejasteis de existir, para una global felicidad

Nazis, os digo, de todo corazón,
Vuestro final es para la historia, la mayor bendición

XIII. A la catedral gótica de León, monumento majestuoso donde los haya.

La ciudad en la que resido posee monumentos, grandemente valiosos y memorables,
Pero sin duda su majestuosa catedral gótica, es elogiada, hables con quien hables.

Esta sublime joya, del gótico francés,
Resalta a la vista, aunque la mires del derecho o del revés.

Hermosa catedral, luces bella e imponente,
Y tu rosetón y tus perfectas vidrieras, dejan boquiabierta a la gente.

Tu grandiosidad y tu belleza, constituye la impronta de tiempos medievales,
Y has sobrevivido al paso del tiempo, y a sus grandes males.

Aunque yo no soy mujer, de grandes creencias cristianas,
De disfrutar del arte que desprendes, nunca se me quitan las ganas.

Tus paredes son de piedra de esa, robusta y contundente,

Por lo que, si en tu interior suenan cánticos, para los oídos es algo imponente.

Cuando a través del rosetón, se ven las luces de colores,
Parece que estás en otra dimensión, y que del cielo ves los albores.

Creo que posarse sobre ti, hasta para las palomas es delicado,
Y es que amada catedral, para el paisaje de León, supones un perfecto bordado.

XIV. A las ferias, que siempre me hacen soñar.

Las ferias esas, tan festivas y coloridas,
Son y han sido una seña de identidad mía, y de tantas otras vidas.

En ellas se respira, un bullicioso y hasta ruidoso ambiente,
Porque hay puestos, atracciones, y mucha alegre gente.

En estas populares fiestas, de pueblos grandes de España,
Los niños gozan de júbilo, y los artistas muestran su maña.

orquestas, tómbolas, y un sinfín de actividades,

Es lo que ofrecen estas grandes ferias, para todas las edades.

De pequeña acudía mucho a ellas, y mientras la gente bailaba,
Yo me comía un algodón de azúcar, y en los caballitos me montaba.

Entre tanto alboroto me entusiasmaba mucho, y un juguete compraba,
Y en los hinchables me metía, y vaya como saltaba.

El olor de estos eventos, es algo indescriptible,
Porque transmite alegría y fiesta, a un nivel increíble.

Espero que este país, nunca pierda tan bella tradición,
Que llevo y siempre llevaré con cariño, en mi memoria y en mi corazón.

XV. Al sol, que si supiera cuanto lo quiero, jamás se escondería.

Sol, amado, y lleno de fuego,
Bajo tus rayos pienso, camino, y hasta juego.

Tú iluminas la tierra, y la recorres lado a lado,
Sol mío, sol querido, sol dorado.

Cada vez que te ausentas de mi ventana, y tus rayos no tocan mi piel.
Siento que a mi corazón le falta energía, y me veo desfallecer.

Sol, tú eres creador de vida, con tu poderosa luz,
Dicen que hasta a Cristo, lo resucitaste tú de su cruz.

En los lugares en los que brillas, con tanta intensidad,
A sus gentes das alegría, y auténtica felicidad.

Sol de fuego, bello astro mío,
Me gusta que luzcas en la ciudad, en una pradera, o sobre un río.

Estrella de estrellas, eres testigo de la historia,
Porque en la tierra has puesto tu luz, desde que existe memoria.

brillas potente, y nunca te cansas,
Ni siquiera a veces durante el invierno, tu energía amansas.

La fuerza que desprendes, es infinita y poderosa,
Espero que jamás se apague tu color dorado, ni tu luz preciosa.

XVI. A los cazadores, que se creen valientes al apretar el gatillo ante un animal indefenso.

Jabalí, conejo o ciervo, que vives en la naturaleza,
Mucho ojo y cuidado, con los cazadores y su vileza.

Quien no puede presumir de inteligencia, ni de nada competente,
Tiene que hacerlo de las vidas que, a los libres animales, arrebata cobardemente.

En los montes de mi tierra, habitan bellos animales,
Que ignoran que serán pasto, de las balas fatales.

El cazador engrasa su escopeta, y la carga con mucha maña,
Sin importarle a quienes, ni a cuantas criaturas daña.

Miras telescópicas, y objetos de largo alcance,
Son los que usas cazador, en tus desafortunados lances.

A los animales acobardas, con el ruido de tus balas,
Porque ellos listos como son, ya comprenden que tus intenciones son malas.

El monte está tranquilo, pero tú perturbas su calma,
Al disparar con cuajo, y arrebatar a la fauna su alma.

Lanzas tus crueles balas, a mucha distancia del animal,
Porque sabes en el fondo, que cerca de él te iba a ir mal.

No tienes reparos, en dejar a un jabalí herido,
En matar a un conejo, o en despojar a una perdiz de su nido.

Luego vuelves a tu casa, con tus compinches y con el infame botín,
Y a costa de toda esa sangrienta carne, os metéis un buen festín.

Jamás entenderé esa necesidad humana, de matar a animales porque si,
Criaturas libres, que viven y dejan vivir.

La caza solo es un juego, repulsivo e incoherente,
Y su práctica desde luego no es digna, de la buena gente.

XVII. A los médicos, eternamente dignos de mi admiración.

Oh, doctor, siempre con tu bata, blanca y reluciente,
Haces el bien con tu sabiduría, y curas a tanta gente.

El griego Hipócrates es tu padre, tu modelo a seguir,
Porque él creó la ciencia médica, para enseñarnos a vivir.

Luego llegó Galeno, que en Roma rehabilitaba a gladiadores,
Perfeccionando así sus técnicas, y teniendo muchos seguidores.

Pero la Edad Media supuso, un parón en la medicina,
Porque todo estaba sujeto al cristianismo, y a su represora moralina.

Al llegar el Renacimiento, y sus sabios italianos,
Se produjeron muchos avances, necesarios para los humanos.

Doctor, ahora eres científico, investigador dedicado,
Y en tu hacer guardas la impronta, de tan glorioso pasado.

Tu letra es especial, junto con tu modo de hablar,

Médico honrado, que no te gusta improvisar.

Lo mismo sanas la piel, que practicas una cirugía,
Médico valiente, trabajas noche y día.

Tras tu limpio uniforme, y aparente aspecto implacable,
Se esconde un corazón, cálido y amable.

Cuantas veces has llorado, doctor querido?
Por el sufrimiento que has contemplado, y por las vidas que has perdido?

Médico de mi alma, doctor de mis honores,
En nombre de la ciencia curas, y sanas todos los dolores.

percibo que cuando nos das un negativo diagnóstico, mirándonos a los ojos,
Tu alma está hecha trizas, y sientes el mayor de los enojos.

A veces me doy cuenta, de tu semblante abatido,
Doctor respetado, médico querido.

Pero tú sabes como nadie, luchar y sacar pecho,
Ante una guardia difícil, o ante momentos maltrechos.

Siempre estás ahí, aguantando tempestades,
Doctor fuerte, ante las adversidades.

De todas las ciencias y disciplinas, que el ser humano ha creado,
Digo sin lugar a dudas que la medicina, es el arte más admirado.

XVIII. Al mar, azul y creador de vida.

Amada mar, inmensa y profunda eres,
Con tus olas poderosas, arrastrarnos podrías si quieres.

Mar azul, mar de vida,
A todo quien te observe con detención, dejas su mirada perdida.

A veces eres turbulenta, y otras muy serena,
De aguas cálidas o frías, y de gruesa o fina arena.

Mar respetada, tú trajiste la vida a la tierra,
Y tu fuerza es más poderosa, que la del viento o la de la guerra.

Leyendas se han contado, entorno a tu gran poder,

Atlántida es una de ellas, en la que yo quiero creer.

Por tus aguas navegan, marineros afanosos,
Y se bañan los turistas, sonrientes y ociosos.

La inmensidad al contemplarte, es algo grandioso,
Y ver como juegas con las olas, es un espectáculo precioso.

Tantos son los animales, que habitan dentro de ti,
Y los humanos irresponsables, los estamos dejando morir.

Yo como muy poca, de tu fauna sagrada,
Porque creo que ella ha de estar, en tu agua azulada.

Mar, tu belleza y tu infinitud, me generan un gran respeto,
Porque sé que cuando vuelvas a querer, acabas con todo esto.

Amada mar, querida mía,
Me gusta escribir para ti, esta humilde poesía.

XIX. A las mujeres, que, como tal, me siento orgullosa.

Mujeres de todo el mundo, bellas e inteligentes,
Oprimidas hemos sido, por las ignorantes mentes.

A lo largo de la historia, casi no nos han dejado hablar,
Porque saben que una mujer preparada, a ningún hombre se puede comparar.

Se nos ha condenado a vivir, en el hogar recluidas,
Presas de la soledad, del trabajo, y aturdidas.

En épocas anteriores, tan dominadas por la moral,
A nosotras se nos tachaba de brujas, y de ser el absoluto mal.

Pero dado que nuestra fuerza, es digna de admiración,
Algunas lucharon contra todo, encarando la represión.

De las nuestras murieron muchas, torturadas o en la hoguera,
Vilipendiadas sin razón, y de horribles maneras.

Una mujer es un ser humano, lleno de poder,

Pues desarrollamos mucho antes, nuestra capacidad para aprender.

Somos madres, y creadoras de vida,
Servimos para dar un consejo, y hasta para curar una herida.

Odiadas y amadas, a partes iguales,
Las mujeres luchamos, contra todos los males.

Soy una mujer, con carisma y con aliento,
Para luchar contra el machismo, y por nuestro empoderamiento.

Creo, amada naturaleza, que conmigo te portaste bien,
Al traerme a este mundo, convertida en una mujer.

XX. A los pájaros, que viven de rama en rama.

Aves de la tierra, de arboledas y paisajes,
Vivís libres y cantando, entre tupidos ramajes.

El ser humano os envidia, porque podéis volar,
Pues por mucho que lo neguemos, como vosotras querríamos estar.

Pajarillos cantores, de alegres y limpios trinos,
De plumas multicolor, y de picos largos y finos.

Vais de rama en rama, con la libertad como bandera,
Porque sabéis que ser pájaro, no está al alcance de cualquiera.

Cada vez que alguna cruel bala, acaba con vuestro canto,
Mi corazón se acongoja, y entera caigo en llanto.

Desde tucanes hasta ruiseñores, pasando por gorriones,
Aves hay en el mundo, de todo tipo, por sus rincones.

Pájaro, que, con tu hábil vuelo, te encaramas en un árbol,
Desprendes una pureza, más blanca que el mármol.

Aves delicadas, libres y cantoras,
Al escucharos y observaros, se me pasan las horas.

Puede que algún día el humano, gracias a la ciencia, logre volar,
Pero creo que vuestra perfección en la técnica, jamás la llegaremos a alcanzar.

Pájaros de los vientos, aves majestuosas,
De todas las especies del planeta, sois las más poderosas.

XXI. A la envidia, que autodestruye y te llena de odio.

De entre todos los sentimientos, que alberga el corazón humano,
La envidia es sin duda, el más ruin y vano.

El envidioso muchas veces, disfraza su actitud,
De un falso amor, lleno de pulcritud.

Pero él busca poseer lo del otro, casi incansablemente,
Y ser como eres tú, de forma inconsciente.

Son personas tan pobres, y bajas de autoestima,
Que ver que tú progresas, los corroe y los mina.

Yo he sido víctima en mi vida, de muchos envidiosos de estos,
Que me critican y me apartan, aunque sea con sutiles gestos.

Pero ante esta actitud, tan humana y baja,
Hay que ser cortante, como el filo de una navaja.

Ellos tienen envidia, de todo cuanto te pasa,

Sea esto bueno o malo, a ellos les rebasa.

Creo que, ante esta gente, hay que establecer protección,
Porque nunca se puede saber, la maldad que mora en su corazón.

La envidia no los deja, casi ni amar ni vivir,
Y es algo que los acompaña, desde que nacen y hasta morir.

Lo peor de este sentimiento, es que te amarga y te daña,
Porque al que envidias sigue su vida, mientras tú lo odias con saña.

Congénere humano te propongo, y te sugiero de verdad,
Que apartes la envidia de tu camino, y la sustituyas por felicidad.

Fin

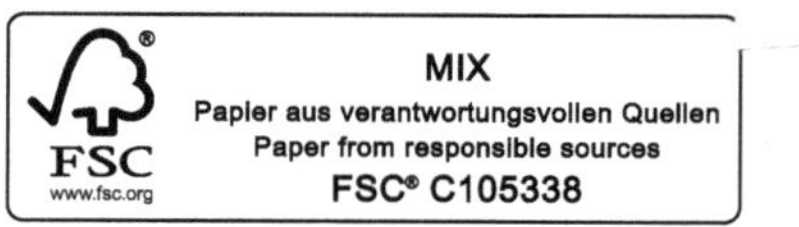

Printed by Books on Demand GmbH, Norderstedt / Germany